Compañera de Cuarto Dominante

Compañera de Cuarto Dominante

Erika Sanders
Serie
Dominación y sumisión erótica

Sinopsis

Vicky y Joyce son dos compañeras de cuarto en la universidad.

Vicky es delgada y de complexión débil y Joyce es ancha y fuerte.

Un día Joyce está viendo un programa escandaloso en el televisor mientras Vicky intenta estudiar.

Vicky reclama a Joyce que baje el volumen del televisor, pero al no hacerle caso ésta intenta hacerse con el mando a distancia.

Esto provoca que comience una lucha por el mando a distancia que acabe en una especie de lucha libre entre las dos.

Joyce se impone en la lucha a Vicky sometiéndola y...

Compañera de Cuarto Dominante es una novela de fuerte contenido erótico BDSM y, a su vez, una nueva novela perteneciente a la colección Dominación Erótica, una serie de novelas de alto contenido BDSM romántico y erótico.

(Todos los personajes tienen 18 años o más)

Nota sobre la autora:

Erika Sanders es una conocida escritora a nivel internacional, traducida a más de veinte idiomas, que firma sus escritos más eróticos, alejados de su prosa habitual, con su nombre de soltera.

Índice

Sinopsis
    Nota sobre la autora:
    Índice
    COMPAÑERA DE CUARTO DOMINANTE (DOMINACIÓN ERÓTICA)
ERIKA SANDERS
    CAPÍTULO 1
    CAPÍTULO 2
    CAPÍTULO 3
    CAPÍTULO 4
    CAPÍTULO 5
    CAPÍTULO 6
    CAPÍTULO 7
    CAPITULO 8
    CAPÍTULO 9
    FIN
    VESTIDA PARA LA OCASIÓN ERIKA SANDERS
    FIN

COMPAÑERA DE CUARTO DOMINANTE (DOMINACIÓN ERÓTICA)
ERIKA SANDERS

CAPÍTULO 1

"¿Puedes apagar eso, por favor?", Dijo Vicky. "Estoy tratando de estudiar aquí".

Por aproximadamente la vigésima vez hoy, la muchacha, alumna de primer año, se preguntó qué tipo de algoritmo de coincidencia de búsqueda de compañera de dormitorio estaba usando la Universidad.

Después de todo, cualquiera con medio cerebro podría darse cuenta de que habría que evitar, a toda costa, poner a una estudiante de una rama especializada en trabajo social junto con una estudiante de una rama especializada en informática.

Algunas simples preguntas de tipo elección funcionarían en un caso como este, para evitarlo.

¿ One Direction? ¿Quién puede estudiar con ese sinsentido como ese, a todo volumen, al fondo?

Peor aún ¿quién puede mantener su cordura y su coeficiente intelectual observando a chicos que obviamente son tan estúpidos?

"No, se está poniendo bien", dijo Joyce, subiendo el volumen aún más.

"Muy graciosa", dijo Vicky. "Ahora bájalo, por favor".

"No puedo oírte", gritó Joyce. "¿Qué fue eso que dijiste?"

"Bájalo." Parte de ella quería reír, pero parte de ella estaba igualmente furiosa.

"Habla un poco más alto", gritó Joyce. "No puedo escucharte con la televisión".

"Dije que lo bajaras,"

Y, de repente, y Vicky no estaba muy segura de cómo, porque nunca había hecho algo así antes, se encontró levantada de su asiento y al lado de su compañera de cuarto, intentando inútilmente tirar del control remoto del agarre firme de la muchacha.

Vicky era una chica ligera, típica lectora, muy delgada y pálida.

El único deporte que había probado fue el campo traviesa, pero eso fue solo para completar su solicitud universitaria.

Así que cuando el combate de tirones por el mando a distancia, había dado paso a un combate de lucha libre, consideró que su educación en las artes físicas había sido muy deficiente.

Porque luchar con Joyce era como tratar de luchar con una araña.

Parecía como si una mano o una pierna estuviera en todas partes por las que Vicky quería moverse.

Su humillación empeoró porque su compañera de cuarto solo se reía de sus esfuerzos por tomar el control remoto y continuó riéndose cuando se rindió y se conformó con simplemente soltarse.

"No me había divertido tanto desde que me fui de casa", se rió Joyce. "Mis hermanos menores y yo veíamos UFC y luego probábamos movimientos los unos con los otros".

Y luego sintió como si alguien estuviera tratando de arrancarle el brazo de su hombro.

Vicky nunca había sabido que tal cosa fuera posible.

"Ouch... Ouch ..." y luego continuo diciendo unas palabras alojadas muy en el fondo de su cabeza, incluso aquellas que nunca había tenido motivo razón para usarlas.

"Detente p...".

Riendo, Joyce dijo:

"Solía hacer que mis hermanos se quejaran con mi tía porque una chica los había golpeado".

Parecía como si su articulación estuviera a punto de soltarse.

Vicky ni siquiera tuvo tiempo de pensar.

"Por favor ... ay ... tía ... ¡tía!"

"Eso se llama barra de brazos", dijo Joyce, mientras liberaba a su compañera de cuarto. "Una vez que estás atrapada en ella, realmente no hay una forma de salir, aparte de someterte".

CAPÍTULO 2

Levantó el control remoto, lo examinó brevemente y luego lo arrojó a la cama.

"Hiciste que se cayeran las pilas. Encuéntrelas y vuelva a colocarlas".

Eso no fue muy agradable.

No cuando el hombro a Vicky le dolía tanto.

Se preguntó si había sufrido algún daño permanente.

Pero, supuso que sí que ocasionó en algún momento que las pilas se cayeran.

Tragando un poco de indignación, comenzó la búsqueda de las dos pilas AAA, las encontró y las volvió a colocar en el control remoto.

Finalmente, pudo volver a su tarea, esto había perdido demasiado de su valioso tiempo.

"Y arregla mi cama", dijo Joyce. "Toda esa lucha la estropeó".

Ella estaba llevando las cosas demasiado lejos.

En primer lugar, Vicky fue la víctima del combate de lucha libre, no la ganadora.

Y lo más importante, la cama había estado hecha un desastre durante la mayor parte de la semana.

"No soy tu doncella", dijo Vicky, y regresó a su escritorio.

Solo que ella nunca lo logró.

Solo había dado dos pasos antes de que Joyce estuviera de nuevo sobre ella, golpeando como una cobra.

Joyce había estado esperando una excusa para continuar la pelea.

Ella continuó luchando con su compañera de dormitorio.

Ella había luchado con sus hermanos muchas veces.

Era mayor, pero ellos eran chicos, físicamente superiores, pero, sin embargo, Joyce era más inteligente y un poco más despiadada.

Fue divertido.

Fue un desafío, y Joyce ganó más de lo que perdió.

Por otro lado, esto no era un desafío para Joyce.

Aquí había una conclusión inevitable.

Vicky no solo era una mujer débil, sino que la chica no tenía idea de cómo defenderse.

Luchar contra la pequeña nerd no debería ser muy divertido.

Debería ser aburrido.

Pero era todo menos aburrido.

Era...

.. emocionante.

CAPÍTULO 3

Los pezones de Joyce se habían endurecido hasta convertirse en balas.

Sus costados estaban ambos cálidos y sudorosos.

En verdad, había sido un poco emocionante luchar con sus hermanos cuando podía sentir la presión ocasional de una erección, sabiendo cuánto los avergonzaba.

Y un poco de hormigueo cada vez que iban a llorar a su tía.

Pero esto, oh sí, esto era diez veces mejor que eso.

Joyce luchaba con su compañera de cuarto.

Presionando su sexo sobre la chica.

Trabajando sobre ella.

"Tía", Vicky jadeó sin aliento.

Estaba tan cansada que era imposible defenderse.

Sintió que no podía respirar.

"No puedes simplemente someterte. Ni siquiera te hecho una llave". Dijo Joyce mientras le agarraba una pierna, ponía sus piernas alrededor de la chica, tomaba el tobillo y le daba un giro.

Listo.

"¡Tía!" Chilló Vicky.

"Eso se llama bloqueo de tobillo", dijo Joyce mientras liberaba la presión, pero no la soltó. "¿Vas a hacer mi cama ahora?"

"Sí ..." se quejó Vicky.

Joyce presionó un poco más el tobillo de la chica una vez más.

"Y limpiarás el piso y guardarás mi ropa".

"Ummmm ... está bien". Vicky jadeó.

"Esto es divertido", exclamó Joyce, mientras agarraba a la chica nuevamente. "Me pregunto qué más puedo hacer que hagas".

"¡Dije que limpiaría el piso!" Vicky protestó en vano.

La lucha continuó.

Era un asunto muy unilateral.

La pobre Vicky estaba exhausta, pero hizo un valiente esfuerzo por escapar de las garras de su compañera de cuarto, aunque había renunciado totalmente a las peleas desde chica.

"Eres tan endeble", continuó Joyce con sus comentarios mientras intentaba un movimiento y luego otro.

Ni siquiera se molestaba con las presentaciones, solo trataba de ver en qué posición podía poner a su compañera de cuarto.

Un nuevo movimiento.

Resurgió calor en su cuerpo cuando miró el culo de Vicky.

Su camisón de dormir se había levantado, y la posición que tenía había provocado que sus bragas se atascaran en la raja de su trasero.

Joyce incluso pudo ver un poco del agujero apretado de la chica debido a la cuña que se había ocasionado.

La pobre Vicky podía sentir la brisa fresca en su trasero, pero no había nada que pudiera hacer al respecto, sino tratar de mantener la espalda recta.

Había incluso menos que podía hacer al respecto cuando su compañera le retiro la cola de caballo.

Arqueó su espalda y se vio obligada a retroceder aún más sobre sus piernas.

Si no tuviera tanto dolor, la humillación de su posición habría sido mucho más aguda, aunque ya era mortificante de por sí.

"Tía", jadeó Vicky. "Tía-tía-tía".

"Ni siquiera estás intentando defenderte", dijo Joyce. "Estoy empezando a preguntarme si te gusta que te maltraten".

"Yo no quiero pelear contigo." Se quejó Vicky. "¿Qué ... qué estás haciendo?"

¿Qué estaba haciendo Joyce?

Vicky intentó darse la vuelta, pero Joyce se plantó sobre el arco de su espalda.

En su condición debilitada, no había forma de que Vicky pudiera ignorar a la otra chica.

¿Y lo peor? ¿Lo peor?

La pobre Vicky podía sentir como sus dedos agarraban la banda de sus bragas y estaban tirando hacia debajo de ella.

"Deja eso donde está", pidió Vicky.

Pero a esas alturas, las bragas ya estaban fuera de su alcance.

Todo lo que podía hacer era intentar abrir las piernas para evitar que se las quitara por completo.

Pero tales esfuerzos débiles no iban a disuadir a la chica más fuerte.

No, por un momento Joyce cambió su peso hacia los muslos de Vicky, y luego desnudó abruptamente a la chica de sus bragas.

"Devuélvemelas", dijo Vicky. Y luego, con voz temblorosa, agregó. "Lo digo en serio."

"Ahora, ¿vas a hacer al menos un poco de esfuerzo?" Joyce preguntó.

Sus fosas nasales se dilataron.

Dios, ella estaba muy buena.

Y mirar las nalgas suaves del trasero de su compañera de cuarto la estaba poniendo aún más caliente.

"¿Debería quitarte algo más?"

"¡No sigas!" Vicky exclamó.

Oh, ella había puesto todo el esfuerzo posible en decirlo.

Había algo extremadamente vergonzoso en la situación y quería esconder esa sensación de Joyce.

Pero pronto tuvo otras cosas en que pensar.

Una nalgada.

CAPÍTULO 4

Otra nalgada.

Mierda como picaba.

El afán de su compañera de cuarto.

¡Quitarle las bragas y luego azotarla!

Oh, iba a hacer que la chica pagara ... de alguna manera.

De alguna manera.

Nalgada.

Nalgada.

Pero primero, Vicky tenía que soltarse.

"Muéstrame lo que tienes." Joyce dijo, y luego le dio cuatro nalgadas más.

Podía ver las huellas de sus manos delineadas en rojo en la carne blancuzca de su compañera de cuarto.

Joder, ella estaba buena, muy buena.

"Vamos. Lucha conmigo. Debilucha".

"¡Agghhh!" Vicky gritó desafiante, su ira alejando su flojera.

Ella gimió como un animal atrapado.

Ella pateó.

Ella tiró del pelo de la otra.

Ella se zafó.

Ella se retorció.

Ella luchó.

Sin embargo, ella siguió perdiendo.

No solo el combate de lucha libre, sino también su camisón de dormir.

Ella ahora estaba totalmente desnuda.

Su cara estaba roja por el esfuerzo y por ser presionada con tanta fuerza contra el piso de baldosas.

Ella solo había estado cerca de escapar del agarre de Joyce dos veces.

Pero cada intento parecía exponer más de su cuerpo y cansarla aún más ahora que la explosión de adrenalina había desaparecido.

"Vamos, Vicky, muévete. No te quedes ahí quieta." Joyce instó a la chica postrada, dando unos cuantos azotes más.

Los azotes que ella le daba ahora habían dejado de ser duros.

Pero eran bastante variados.

Apuntaba con cuidado, asegurándose de convertir cada centímetro de la piel blancuzca del culo de Vicky, que antes estaba perfecta, en un profundo color rojo.

E igualmente importante, Joyce hacía que sus labios sexuales se apretaran fuertemente contra la hinchazón del trasero de su compañera de cuarto, de modo que la lucha se transmitiera directamente a su ardiente sexo.

Esperó que Vicky no pudiera oler sus jugos.

El aroma era ya muy fuerte.

Pero, por otra parte, la pobre Vicky había renunciado hace mucho tiempo a que su compañera de cuarto no descubriera el estado de su sexo muy húmedo.

Ella estaba goteando.

Podía sentir el aire enfriándola.

Nunca había sido luchada y azotada.

Pero estaba excitada.

Había forcejeado por una última vez, pero la última vez tratando de despistar a Joyce.

Al menos eso es lo que se dijo a sí misma.

Sin embargo, sus luchas no cedieron a Joyce.

Las luchas solo causaron que sus muslos se extendieran, por lo que su sexo caliente ahora se deslizó contra el piso frío.

Dios.

Ella estaba dejando una huella como una babosa en el suelo.

Se sentía ... Dios si se sentía divino.

Ella nunca había pensado que pudiera pasar esto.

"Ugh" Con un gruñido, Vicky comenzó a bombear sus caderas.

Dios, no podía creer que estaba haciendo esto.

"Dios Vicky", dijo Joyce. "Estás empapada".

Las mejillas de Vicky ardieron de humillación.

Su vergüenza secreta había sido descubierta.

Peor ... Dios mío. Vicky podía sentir como un dedo estaba sondeando su sexo húmedo.

Ya no le quedaban secretos después de tal examen.

"¿Te gusta que te den unas cachetadas? ¿Así lo haces con tu novio?" Bromeó Joyce. "¿Es eso Vicky? ¿Te excita ser azotada?"

"No", mintió Vicky.

Pero ella no quería intentar evitar que su compañera siguiera moviendo sus dedos sondeándola.

Se sentían demasiado bien.

Era demasiado bueno

"Creo que sí", dijo Joyce. "Tu coño me die que sí, ¿verdad?"

"No ..." gimió Vicky.

Dios, la chica la estaba volviendo loca.

"Creo que todo esto te está gustando mucho", dijo Joyce. "Vamos a averiguarlo."

Oh, Dios. ¿Y ahora qué? Vicky pensó al sentir que Joyce movía misteriosamente su peso encima de ella antes de que se volcara abruptamente de nuevo.

Fue entonces cuando descubrió lo que Joyce había estado haciendo.

Se había quitado las bragas.

Vicky pudo ver el trasero desnudo de su compañera de cuarto cuando la chica se sentó a horcajadas sobre ella en la parte superior de su pecho, con las espinillas clavando las muñecas de Vicky en el suelo.

Joyce se lamió los labios mientras miraba el cuerpo indefenso y totalmente desnudo de su compañera de cuarto nerd.

"Creo que esto necesita una investigación exhaustiva".

"Basta", jadeó Vicky.

No tenía idea de lo que implicaba una investigación exhaustiva, pero no quería formar parte de ella.

Sin embargo, Joyce tenía exactamente eso en mente.

Una investigación exhaustiva de su coño.

Abrió los labios rosados hinchados de Vicky.

"Húmedo y regordete". Dijo Joyce. "Y mira este clítoris. Prácticamente está rogando por una caricia".

"No, no lo está". Vicky protestó con una voz chirriante y temblorosa.

Sus muslos se cerraron brevemente en señal de desafío.

"Creo que sí," Joyce acarició la hendidura húmeda de Vicky.

Pasando su dedo hacia arriba y hacia abajo por su corte rosa.

Vicky jadeó y sus muslos se abrieron de nuevo, ofreciendo el dulce botoncito entre sus muslos.

Joyce sonrió y mantuvo su tocamiento, acariciando el clítoris de Vicky de vez en cuando.

Trabajando a la chica hasta que llegara a un punto álgido.

Vicky se dio cuenta de repente que la va a obligar a correrse.

Una chica la iba a hacerse correr.

Siempre había escuchado historias de chicas que experimentaban en la universidad, pero nunca pensó que sería una de esas chicas.

Pero el calor dentro de sus entrañas la convenció de lo contrario.

Pero luego esos suaves y dulces dedos fueron apartados, dejándola flotando al borde del orgasmo.

La había acariciado muy suavemente y luego la había dejado flotando fuera del alcance del orgasmo.

La mente de Vicky seguía siendo un revoltijo.

Una cosa era ser obligada mientras estaba sujeta debajo de otra chica, con los brazos atrapados, e incapaz de moverse, pero otra muy distinta es.

... levantar sus delgadas caderas, buscando ese dulce toque.

Eso significa que ella estaba participando.

Y antes de que pudiera haber intentado denunciar a su compañera de cuarto por las libertades que se había tomado.

Ahora ella estaba ... levantando las caderas, buscando el toque de Joyce ... más alto y más alto ... allí ... ahhh ... allí mismo.

Eso es todo, se dijo Joyce para sí misma mientras engatusaba las caderas de Vicky, y hacía que comenzaran a empujar y bombear lo mejor que podía en una posición tan incómoda.

Ven a mí.

Vas a tener que ir mucho más lejos antes de que termine contigo.

CAPÍTULO 5

"Te dije que te gustaba", bromeó Joyce, apretando ligeramente el clítoris hinchado de Vicky. "Es así, ¿no?"

Los costados de la pobre Vicky le empezaban a doler de necesidad.

Levantó las caderas hasta que su abdomen tembló, pero no estaba lo suficientemente alto como para ponerla en contacto con los dedos de Joyce.

No podía hacer nada, si no admitir la verdad.

"Si." Vicky gimió casi sin aliento.

Cachetada-cachetada-cachetada.

Joyce le dio un manotazo al sexo de Vicky, salpicando todo su néctar en el proceso.

Las caderas de Vicky se dispararon.

La sensación no fue dolorosa, pero había sido impactante.

Peor aún, había perseguido su orgasmo.

Era decepcionante, pero de igual forma le había gustado.

La sensación de necesidad que había experimentado y su impotencia la habían asustado profundamente.

Temía ... oh, Dios, ¿qué le estaba haciendo esa horrible chica ahora?

La estaba frotando de nuevo.

Y frotándola como a ella le gustaba.

Ahora estaba abriendo los muslos por voluntad propia de nuevo.

Haciendo que su sexo se tensara por dentro.

Haciendo que calambres bailaran por sus ingles.

Haciendo que su corazón se acelerara.

Fue entonces cuando Vicky se dio cuenta de que podía ver el apretado y estrecho agujero de su compañera de cuarto y su rajita presionada contra su pecho.

Podía sentir la humedad de ella goteando por su pecho.

Podía oler el dulce almizcle de su sexo.

Si pudiera liberar sus manos, estaría dispuesta a acariciar a Joyce, con la esperanza de que la chica dejara de molestarla y tal vez terminara de complacerla.

Pero Joyce tenía sus ideas propias.

Ella era muy consciente de que Vicky estaba indefensa debajo de ella, e igualmente consciente del efecto que sus juegos estaban teniendo sobre ella.

Era muy consciente de que lentamente ella movía su trasero cada vez más cerca de la cara de su compañera de cuarto.

Vicky siempre había tenido calificaciones cerca de las más altas de su clase.

Ella era brillante e inteligente.

Se consideraba una pensadora profunda, pero por primera vez, estaba teniendo dificultades para pensar.

El calor fluía por sus entrañas y su sexo le dolía de necesidad.

El trasero de Joyce estaba justo allí, delante de ella.

Solo a un centímetro de sus labios.

Vicky llegó a sus labios deseados.

Las fosas nasales de Joyce se dilataron cuando sintió esos primeros besos tentativos.

Ah, sí.

Se sentía bien, aunque deseaba un poco más de estimulación.

Y la tendría antes de que todo estuviera dicho y hecho.

"¿Te gusta mi coño?" Joyce preguntó, mientras se inclinaba hacia adelante, y soplaba su aliento sobre el excitado sexo de Vicky.

"Sí", susurró Vicky, separando las piernas, ansiosa porque Joyce la lamiera ... allá abajo.

"Lámame", ordenó Joyce. "Lame mi coño".

Vicky podía sentir el aliento de cada palabra en su coño.

Joyce estaba tan cerca.

Tan cerca de lamerla y hacerla correrse.

Estaba segura de que otras chicas probablemente experimentaron así.

Eso no la hacía gay.

Ni siquiera sabía si iba a disfrutar ello.

Su lengua se escapó e hizo una sonda de búsqueda tentativa.

Y no era tan malo.

Lo hizo de nuevo, un poco más decidida esta vez.

"Oh sí, eso es divino", dijo Joyce con voz ronca. "Lámeme el coño. Más rápido. Oh sí ... así, sigue así".

Lámame a mí también, quería decir Vicky.

Pero su boca ahora estaba ocupada de otra manera y Joyce estaba sentada de nuevo, por lo que Vicky literalmente tenía la boca llena de coño ahora y su nariz estaba ..., ni siquiera quería pensar en dónde estaba su nariz.

"Chica traviesa," ronroneó Joyce. "¿También estás jugando con mi ano? Mmmm ... se siente bien. ¿Quieres que yo juegue con el tuyo?"

"Uffff ..." protestó Vicky.

No.

No, ella ni siquiera quería su nariz donde la tenía y mucho menos ser tocada ... allá atrás.

Pero para entonces un dedo empapado de jugos estaba siendo empujado abruptamente más allá de su esfínter.

Era extraño tener algo metido en ese agujero, pero aún más extraño aún era tener ese algo empujando, cuando la dirección siempre había sido hacia afuera.

No quería ser invadida allí, al menos no creía que lo quisiera.

La dejó sintiéndose aún más impotente.

Oh, Dios ... tan indefensa luchando por respirar, lamiendo, y siendo follada con ahora dos dedos en su trasero.

Se suponía que no debía ser tratada así.

Y ciertamente no se suponía que esto fuera tan malditamente caliente como estaba siendo la situación.

Ella no debería estar lamiendo el coño a una chica.

Y mucho menos una chica que había sido tan mala con ella.

"Justo allí ... justo allí ... justo allí ... oh, Dios ... oh, Dios ..." gimió Joyce, sus caderas montando a la chica indefensa atrapada debajo de ella.

Alcanzando y agarrando los pezones de la chica entre los dedos índice y pulgar y tirando hacia arriba.

Sintiendo la angustiada protesta de la chica ahogándose en su coño.

Amando la lengua ágil que aceleró ahora más rápido de lo humanamente posible.

Con solo teniendo copa B, Vicky no estaba muy dotada en el asunto de tetas, pero lo que le faltaba en circunferencia, lo compensaba en sensibilidad.

¡Y tener sus pezones estirados de esa manera dolía!

Aunque la experiencia también disparó rayos de placer directamente a su sexo.

Pero todo esto era demasiado.

Demasiado.

Lamió a Joyce por todo lo que sentía, con la esperanza de poner fin a su clímax rápidamente, junto con el tormento en sus pezones.

"Oh sí, sí, oh sí. Eso, síiii". Joyce gimió.

Sus movimientos cambiaron de intensidad a un movimiento lánguido cuando su orgasmo alcanzó su punto máximo y comenzó a disminuir.

Con sus caderas simulando ser una especie de sacacorchos mientras usaba la nariz de su compañera de cuarto para complacer a su ano.

CAPÍTULO 6

"Ahora es tu turno", dijo Joyce. "¿Quieres que yo te haga correrte?"

"Si." Admitió Vicky.

No solo quería correrse, sino que merecía correrse después de todo lo que había soportado en las manos de esta chica.

"Mmmm ..." Joyce ronroneó mientras estiraba las yemas de sus dedos y las bajaba por el delgado cuerpo de la chica.

Lentamente dirigiéndose al sexo super húmedo de Vicky.

"Qué coño tan sucio y travieso tienes", dijo Joyce, mientras miraba algo en una pequeña bolsa de cosméticos abierta junto a la cama de Vicky.

Lo levantó y apretó el botón de encendido.

Podía sentir las vibraciones hasta sus dedos.

"Creo que necesita una buena limpieza dentro de él".

Vicky no tenía idea de qué estaba hablando la chica.

Podía escuchar un zumbido familiar, pero no pudo ubicar el sonido.

"¡Oh!" Vicky jadeó cuando sintió el primer toque eléctrico, sus caderas se retorcieron para escapar de la sensación abrumadora.

Pero pronto se dio cuenta de lo que estaba sintiendo y también se dio cuenta de lo bien que se sentía.

Mierda.

Oh joder.

Era su cepillo de dientes.

Joyce debe haberlo sacado de su bolsa de cosméticos.

Jesús ... ella no tenía un repuesto.

Tendría que ... oh, Jesús.

Ella se iba a correr.

Estaba tan jodidamente dura.

Y con una reacción involuntaria por la estimulación, Vicky frunció los labios y besó lo que estaba frente a ella y que resultó ser el culo bien musculoso de su compañera de cuarto.

"Oh bebé, eso se siente tan bien". Joyce ronroneó. "¿Alguna vez has tenido a alguien follando a este coño? Quiero decir, ¿realmente follarlo?"

"Mmmmmmm" Vicky gimió y abrió las piernas tanto como pudo.

"Disminuyamos la velocidad, bebé", dijo Joyce. "Tenemos toda la noche".

Joyce usó el cepillo de dientes en los pezones de Vicky y luego lo deslizó hacia arriba y hacia abajo por su raja.

Pero no lo suficiente como para enviar a la chica al límite.

Ella sonrió perversamente.

Se estaba volviendo buena en esto.

Vicky gimió.

Sus caderas bombeaban, dando la bienvenida a las vibraciones de alta frecuencia, cada vez que Joyce veía conveniente deslizarlo hacia abajo donde le hacía más bien.

Oh, Dios mío.

Ella se iba a correr.

Ella se iba a correr muy fuerte.

Y justo entonces Joyce retiró el cepillo de dientes y le dio unas palmadas ligeras al excitado sexo de Vicky.

"Oh Dios ..." Vicky jadeó, sus caderas empujando, y muriendo por el contacto.

Incluso por estas palmaditas punzantes que la alejaron del clímax.

Ella trató de liberar sus brazos atrapados.

Intentó encontrar alguna sensación para llevarla al límite.

La pobre Vicky no sabía qué hacer.

Aunque su cuerpo tenía algunas ideas.

Besó de nuevo el musculoso trasero frente a su cara.

Lo besó y lo besó un poco más.

"Mmmm ..." dijo Joyce, deslizando una mano lentamente hacia el sexo hinchado de Vicky.

Poniendo la otra mano en sus nalgas, extendiéndolas.

Vicky pudo ver bien abierto el arrugado agujero prohibido de su compañera de cuarto.

No.

Solo la había besado las nalgas a la chica porque no había nada más para que ella pudiera besar.

Sin embargo, ella no tenía ninguna intención de besar eso.

Ni un poquito.

Sin embargo, Vicky podía sentir lo cerca que estaba el cepillo de dientes vibrante de su doloroso sexo.

Muy, muy cerca.

Vicky tomó una decisión rápida.

Lamería a Joyce un poco más si con eso lograba que la chica la llevara al clímax.

Solo que ella lamería el agujero correcto.

Doblando el cuello en un ángulo complicado, Vicky intentó acceder con la lengua al sexo de Joyce.

¡Oh, no, no! ', Pensó Joyce.

Jugó con el pezón de Vicky con el cepillo de dientes y usó su otra mano para jugar con el otro pezón, rodeándolo y ocasionalmente tirando de él, a veces cruelmente.

Luego cambió el tratamiento al otro seno, antes de finalmente deslizar el cepillo de dientes vibrante cerca del sexo de Vicky.

Comenzó a golpear ligeramente el clítoris hinchado de su compañera de cuarto con la cabeza del mismo.

Dios, estoy llegando, era el único pensamiento de Vicky.

No podía creer lo que le estaba pasando.

No podía creer que estaba a punto de ... frunció los labios y lo besó.

Besó el fruncido y apretado ano que Joyce le estaba mostrando.

Oh, Dios. Oh, Dios.

No puedo creer que esto esté sucediendo, pensó Joyce para sí misma.

Ella se deleitaba con el momento, pero quería más.

Ella comenzó a deslizar el cepillo de dientes hacia arriba y hacia abajo por la rendija húmeda de Vicky una vez más.

Llevando a la chica al borde.

Viendo sus caderas resbalar y bombear.

Ofreciéndole el sexo, ahora empapado, por la estimulación.

"Chica mala." susurró Joyce.

Y azotó esos labios fruncidos con la palma de su mano.

Bofetadas lo suficientemente fuertes como para picar y para que no haya dudas en la mente de Vicky sobre quién estaba a cargo.

CAPÍTULO 7

Como si Vicky tuviera alguna duda en este punto.

Lo único en lo que podía pensar era en la dolorosa necesidad de dentro de sus entrañas que necesitaba estimulación.

Eso necesitaba, encontrar algún tipo de excitación para su liberación desesperada.

Ya no pensaba en la vergüenza o en lo que estaba haciendo mal.

Sus únicos pensamientos estaban centrados allí, entre sus muslos, y que las sensaciones que recibía allí estaban conectadas con lo que estaba haciendo con sus labios y lengua.

Porque Vicky había ocupado durante mucho tiempo con ligeros besos tentativos a ese orificio prohibido.

Ahora ella lamió.

Ella beso en serio.

Ella sondeó con su lengua.

Conduciéndola dentro lo mejor que pudo.

"Eso es muy sucio", arrulló Joyce. "Y eso que pensé que simplemente eras buena para vestirte, cuando en realidad eras una pequeña pervertida. ¿Crees que debería dejarte correr? ¿Eres mi pequeña pervertida?"

"Mmmmmmm ... sí ..." murmuró Vicky, su boca plantada firmemente en el culo tonificado de su compañera de cuarto.

"Entonces consigue que ese coñito sucio que tienes venga aquí donde pueda alcanzarlo", dijo Joyce. "Y mejor date prisa antes de que estas baterías se agoten".

La pobre Vicky arqueó más la pelvis para darle a su compañera de cuarto un mejor acceso.

Sin embargo, descubrió que el zumbido del cepillo de dientes todavía estaba demasiado lejos.

Tentador, pero fuera de su alcance.

Vicky arqueó su pelvis aún más.

Sintió el toque eléctrico brevemente.

Oh, Dios.

Todavía no era suficiente.

Levantó los pies y luego levantó las rodillas.

Sus caderas ya no tocaban el piso.

Seguramente esto sería suficiente.

Solo que no fue del todo suficiente.

"Por favorrr ..." murmuró Vicky.

"¿No lo quieres?", Bromeó Joyce. "Ven y cógelo."

Oh como lo quería ella.

Vicky se puso de puntillas y empujó su pelvis hacia adelante por última vez.

Le temblaban las pantorrillas y los muslos.

Ella no podría mantener esta posición por mucho tiempo.

Rezó para que fuera lo suficientemente alto.

Joyce tocó el cepillo con su clítoris y labios hinchados y contó 'Uno' en su cabeza.

Luego se quitó y contó 'Dos. Tres ".

Luego, de nuevo hacia arriba por un 'Uno'.

Luego, de regreso por otros dos.

Arriba y abajo.

Encendido y apagado.

Encendido y apagado.

Joyce levantó la mano y tiró de Vicky hacia su trasero.

Maldita sea, esa lengua era divina con una mayúscula D.

Podía acostumbrarse a este tipo de mimos.

"No duraré mucho más así... no duraré ... no puedo ... no puedo ..." Vicky repitió en su mente.

Sus músculos ardían.

Su muslo tenía un calambre.

Se estaba muriendo por enderezar su pierna y esperar que el doloroso nudo se aliviara, pero temía perder las sensaciones del cepillo de dientes una vez más.

Era difícil respirar atrapada allí debajo de las musculosas nalgas de su compañera de cuarto.

Se mantuvo en posición e ignoró sus extremidades protestantes y ligamentos, todavía lamiendo su ano todo lo que podía.

La maravillosa sensación comenzó en lo profundo de sus entrañas.

Oh joder.

El calor acumulado.

Luego todo pareció derramarse ... surgiendo como un enorme maremoto.

Corriéndose.

Oh, Dios, ella se estaba corriendo.

Nunca antes había sentido un clímax de tal magnitud.

Incluso Joyce estaba celosa de la reacción de su compañera de cuarto.

Las piernas temblorosas, el sexo penetrante, los fuertes gemidos debajo de su culo, el chorro de jugo de la chica que se derramó sobre el piso de baldosas.

Oh sí, fue un clímax infernal.

Joyce estaba segura de que un orgasmo como ese no sería suficiente para su compañera de cuarto.

CAPITULO 8

Y no fue suficiente.

Claro, Vicky se dijo a sí misma que nunca más volvería a tener ese comportamiento.

Pero al día siguiente, Vicky no pudo evitar pensar en lo que había sucedido con su compañera de cuarto.

Ser maltratada.

Nalgadas.

Ser burlada tan cruelmente.

A medida que el tiempo para regresar a su dormitorio se acercaba, ella se ponía cada vez más ansiosa.

¿Joyce le haría algo cuando volviera?

¿Quería que Joyce hiciera algo con ella?

Vicky podía sentirse sudar.

Podía sentir que sus bragas se humedecían.

Dios ... ¿y si Joyce se dio cuenta de esto?

Asumiría que Vicky querría más.

Con dedos temblorosos, Vicky metió la llave en la cerradura de la puerta de su dormitorio y abrió.

Joyce estaba allí en su escritorio ... sin siquiera reconocer su presencia.

Quizás toda esa ansiedad hubiera sido para nada.

El silencio se hizo incómodo.

"Hola ..." Vicky soltó y maldijo su hablar dubitativo.

"Oh, hola Vicky", dijo Joyce, mientras giraba su silla para mirarla.

La mirada de Vicky salió lanzada como un imán entre los muslos de su compañera de cuarto.

La chica llevaba una falda corta y no llevaba bragas.

Su rajita rizada estaba allí, mirándola descaradamente.

¿La chica no tenía vergüenza?

"Estaba pensando en ti", dijo Joyce mientras se levantaba y se acercaba a su compañera de cuarto que estaba congelada justo en medio de la puerta.

"¿Tú estabas?" Vicky respondió.

Sus mejillas ardían de un rojo brillante.

¿Qué tipo de respuesta fue esa?

Ella no podía pensar con claridad.

"Estaba pensando que mi coño se sentía muy solo", dijo Joyce, girando un mechón de cabello de Vicky.

Su agarre se movió hacia el cuello de Vicky.

"Está triste y necesita animarse".

El simbolismo de la mano alrededor de su cuello era claro y el corazón de Vicky se aceleró mientras veía a su compañera de cuarto meterse debajo de su falda y comenzando a trabajar.

Comenzó a excitarse cuando ella quitó los dedos mojados y los acercó a los labios de Vicky.

No debería hacer esto, se dijo Vicky, incluso mientras sus labios se separaron y succionaban el dedo ofrecido de su recubrimiento ácido.

"Tienes demasiada ropa puesta", dijo Joyce mientras despojaba a su compañera de cuarto de su ropa, dejando a la chica en solo un par de calcetines.

Supongo que esto es todo, pensó Vicky para sí misma.

Ahora es cuando hacemos el amor.

"Pensé que podríamos jugar un juego diferente hoy", dijo Joyce mientras se quitaba la bufanda que tenía alrededor del cuello y la ataba a la cabeza de Vicky, convirtiéndola en una venda improvisada.

"Hiciste un buen trabajo lamiendo mi coño ayer", dijo Joyce, mientras conducía a Vicky a su escritorio. "Pero hoy, te voy a enseñar lo que realmente me gusta".

Con una sonrisa tortuosa, Joyce extendió la mano y giró la barra de las persianas de la ventana.

Su ángulo ahora permitía que la chica viera el dormitorio frente a ella y que cualquiera que estuviera mirando por la ventana los pudiera ver.

Con las fosas nasales dilatadas, se deslizó más cerca de la pared.

Estaba segura de que nadie podía ver nada por encima de su cintura.

Pero pobre Vicky.

Vicky estaba directamente a la vista.

"Comienza con mis pies", dijo Joyce, acercando un pie a los labios de Vicky.

Riendo, pero retirando su pie ante el toque cosquilleante de los labios y el aliento caliente de su compañera de cuarto.

"Eso da cosquillas."

Y a partir de ahí ese día todo fueron lecciones.

Vicky aprendió a chuparle los pies.

A lamerse entre ellas.

Besar pantorrillas y rodillas.

Picar entre los muslos extendidos.

Respirar su aliento caliente sobre el sexo de Joyce.

Besar los labios ... de allá abajo.

Lamer la ranura.

Trabajar hasta el clímax el clítoris de su compañera de cuarto con su lengua.

Cepillar suavemente su lengua sobre el clítoris.

Acariciar los pezones duros con sus manos libres.

Acariciarlo todo.

Trabajar su lengua más rápido cuando Joyce estaba a punto de correrse y reducir la velocidad mientras la chica salía de su orgasmo.

Vicky escuchó a Joyce moverse nuevamente y se preguntó si ya era su turno de hacer el amor.

Pero Joyce tenía otros planes.

"Acércate", dijo Joyce, ahora frente al escritorio e inclinándose hacia adelante. "Tengo una sorpresa para ti".

Vicky se acercó mientras su ceño se arrugaba por la preocupación.

¿Qué tipo de sorpresa tenía Joyce en mente para ella?

A medida que se acercaba, no había duda de lo que le ofrecía Joyce al haberse dado la vuelta e inclinado.

Su hermoso culo tonificado.

En ese momento, Joyce se dio la vuelta y agarró la cola de caballo de Vicky y la apretó con fuerza.

"Lámemelo," gruñó Joyce acercando la cabeza de Vicky a su entrepierna.

Era una orden.

Con un estremecimiento, Vicky lanzó un suave maullido de desesperación.

Esto no parecía del todo justo, ya que ella había lamido este mismo lugar la noche anterior.

Pero si ya no estuviera tan excitada, seguramente se habría negado.

Sin embargo, a estas alturas ya había pasado lo que parecía como una hora haciendo que Joyce se corriera y ella aún no lo había hecho.

Ella no quería arruinar las cosas antes de que fuera su turno.

Su lengua se deslizó de entre sus labios y su ano y comenzó a lamer.

"Mmmmmmm ..." Joyce gimió mientras acariciaba su clítoris con los dedos y disfrutaba de las sensaciones de su fondo. "Buena chica."

"Eres una pequeña zorra sucia", jadeó Joyce. "¿Lo sabes?"

Con la boca ocupada de otra manera, Vicky dio un gemido en respuesta.

Joyce se frotó más rápido, su torso descansando sobre el escritorio ya que su brazo izquierdo no podía soportar su peso.

¡Oh, joder!

Y el siguiente orgasmo la atravesó como un incendio forestal.

"Levántate y espera aquí", dijo Joyce una vez que había bajado de su orgasmo.

Cogió el cepillo de dientes de Vicky de su bolsa de aseo.

Un pequeño jadeo escapó de los labios de Vicky cuando escuchó el zumbido familiar tan cerca de su oído.

Joyce jugó con su compañera de cuarto, pasando la cabeza vibrante sobre las zonas erógenas de Vicky.

El cuerpo de Vicky se sacudía cada vez que sentía que la cabeza zumbante tocaba su sexo ...

La sensación era demasiado intensa, y más aún porque todavía llevaba la venda en los ojos y no podía prepararse para el contacto.

Sin embargo, con cada toque, su cuerpo se sacudía cada vez menos a medida que se aclimataba.

"¿Te cepillaste esta mañana?" Joyce bromeó, mientras tocaba la cabeza del cepillo de dientes con la boca de Vicky.

"Sí ..." se las arregló Vicky, mientras giraba la cabeza para evitar que el cepillo empapado en sexo se metiera en su boca.

"Vamos", instó Joyce, alternando entre burlarse del coño de Vicky e intentar pasar el cepillo por la boca bien cerrada de la chica.

La emoción del poder la estaba calentando de nuevo.

"Vamos. Sabes que lo quieres. La higiene oral es muy importante ... además sé dónde ha estado tu boca. Necesita una buena limpieza".

"No", jadeó Vicky, sus labios apretados firmemente.

Había renunciado a girar la cabeza y ahora el cepillo zumbaba entre los labios y vibraba contra sus dientes.

Podía oler el hedor almizclado de su sexo en el cepillo.

Ella no podía hacer esto.

Ella ... sus dientes se separaron.

Podía saborear sus jugos mezclados con menta.

"Ábrela totalmente." Dijo Joyce.

Vicky abrió la boca.

Dios, era tan humillante.

Se sintió tan impotente mientras su compañera de cuarto pasaba el cepillo sobre sus dientes y lengua.

Joyce volvió a bajar el cepillo y lo trabajó sobre el sexo de su compañera de cuarto.

Haciendo que la chica entrara en frenesí una vez más.

"Ponte de rodillas de nuevo", ordenó Joyce.

Con las mejillas floreciendo de un rojo furioso, Vicky nunca se había sentido tan subyugada como cuando se arrodilló y su compañera de cuarto siguió cepillándola y burlándose de ella.

"Te lo voy a meter en ese coño que tienes", bromeó Joyce. "No, date la vuelta esta vez. Al estilo perrito se guro que te gusta joder, puta flaca".

Vicky se sonrojó aún más cuando se dio la vuelta y trató de retroceder el culo sobre el cepillo vibratorio para hacerlo tocar su clítoris.

Sin embargo, estaba demasiado alto, golpeándola realmente en el culo.

Y Joyce no estaba siendo cooperativa.

"Lo quieres, ven y tómalo", se rió Joyce. "Vamos. Más arriba ... más arriba ..."

La pobre Vicky se vio obligada incorporarse sobre las manos y las rodillas ...

Estaba de casi de pie, pero ahora apoyaba la parte superior del cuerpo con las manos en el suelo.

No era cómodo ... no por mucho tiempo.

Pero no tendría que estar incómoda por mucho tiempo ya que el cepillo la había llevado casi al clímax.

Solo un poco de contacto con su clítoris y se iría como un cohete.

"La boca de nuevo", dijo Joyce, cuando detectó el temblor a lo largo de la columna de su compañera de cuarto.

"Por favor ..." Vicky gimió, ignorando la orden, esforzándose cada vez más, de puntillas.

Estaba demasiado cerca para dejar de intentarlo ahora.

"Dije boca", la voz de Joyce tomó un tono duro mientras retiraba el cepillo.

Con un gemido de decepción, Vicky se dio la vuelta, arrodillándose rápidamente.

El cepillo no dejaba de sonar, pero en vez de cepillarle los dientes esta vez, la dejó chupando los jugos de la cabeza del cepillo de dientes.

"Pequeña zorra pervertida", dijo Joyce. "Te estás volviendo buena en esto. Ahora, date la vuelta de nuevo e intenta correrte".

Vicky no necesitaba que se lo dijeran dos veces.

Se dio la vuelta y buscó el contacto con el cepillo una vez más.

Todavía tenía los ojos vendados, por lo que no sabía que Joyce estaba alejando el cepillo cada vez que se acercaba.

Haciéndola trabajar por eso.

Arqueamiento de la espalda.

Caderas buscando.

Piernas temblando.

Hasta que por fin hizo contacto.

"Oh, joder ..." Vicky gimió.

Ya no pensaba en lo vergonzosa que parecía.

Ella era como un animal.

Su cuerpo quería liberarse ... lo necesitaba.

"Joder ... joder ... oh, Dios ... oh, Dios ..." Vicky gritó en un tono agudo y sin aliento.

Más rápido y más rápido ella gimió.

La leche caliente se derramó sobre sus piernas.

CAPÍTULO 9

Al principio, Joyce pensó que su compañera de cuarto se había enojado, pero luego se dio cuenta de que había llegado.

Wow que se venga.

Joyce sonrió y giró la barra para que las persianas se cerraran.

"Puedes quitarte la venda de los ojos ahora", le dijo a la forma postrada de su compañera de cuarto, tirada agotada en el piso de baldosas, casi revolcándose en sus propios jugos copiosos.

Vicky se quitó la venda de los ojos, pero no tenía la energía para levantarse del piso.

Dudaba que alguna vez lo pudiera hacer.

Pero menos de un minuto después, se enfrió y se avergonzó de la exhibición que estaba haciendo mientras yacía desnuda en el frío suelo de baldosas.

Si tan solo supiera que, en el dormitorio al otro lado de la ventana, habían visto mucho más que eso.

La mayoría se había dado la vuelta con disgusto.

Algunas tomaron fotos para verlas después.

Pero unos pocas se habían quedado mirando hasta el final.

Había apagado las luces y todo sus clítoris ansiosas.

Reteniendo la imagen de la chica en sus mentes.

Determinando que, si se presentaba la oportunidad, ellas también querrían jugar con ese trasero y coñito.

Una de esas chicas le preguntó a su compañera de cuarto:

"Me parece familiar. ¿La has visto en alguna de tus clases?"

"No, pero la he visto cuando paso por delante de la clase de computadoras", dijo la otro. "Ella es una especie de geek de la computadora".

"¿Qué día y a qué hora?"

"Mañana a las tres de la tarde"

"Apuesto a que, si la llevamos a algún lado, ella hará lo que queramos".

"Y quiero hacer muchísimas cosas divertidas con ella". Dijo mientras se chupaba los jugos de los dedos.

"Yo también." Dijo la otra chupándole un dedo.

"Podría ponerse ruidoso".

"Entonces vamos a llevarla a nuestro dormitorio".

"¿Crees que ella vendrá?"

La otra chica recogió un cepillo de dientes eléctrico y lo encendió.

Sus ojos brillaban en la oscuridad.

"Oh, tengo la sensación de que lo hará si le enseño esto. Además, tomé algunas fotos y apuesto a que no querrá que se distribuyan por el campus".

.

FIN

VESTIDA PARA LA OCASIÓN
ERIKA SANDERS

51

El silencio de la noche la rodeó, presionándola con su serenidad, intentando calmar su ansiedad.

Sin embargo, eso no podía calmarla.

Sentimientos desenfrenados a los que no estaba acostumbrada, y que nunca antes había experimentado, surgieron en su cuerpo, poniéndola nerviosa.

Sus tacones chasquearon suavemente a lo largo del camino pavimentado mientras miraba hacia el cielo.

¿Por qué va a ir allí esta noche?

¿Por qué se había vestido de esa manera?

Podía sentir el poder que su mirada tenía sobre ella.

Ella suspiró y permitió que su mente no siguiera pensando sobre los eventos que podrían pasar esta noche.

* * *

Se sentía como si cada mirada estuviera en ella mientras entraba al local.

Sus zapatos de tacón de aguja chasquearon contra el piso de madera dura mientras pasaba por la pista de baile y se acercaba al bar.

La falda de su atuendo rojo y negro se balanceaba de lado a lado con cada paso, la franja roja fluía contra su rodilla mientras que el negro descansaba unos centímetros por encima.

La blusa colgaba suelta de sus hombros, bajando por sus senos, rebotando lo suficiente como para llamar la atención con cada paso que daba y mostrando una generosa proporción de piel.

Y sin brassier.

Ella sabía cómo se veía con este atuendo.

Parecía una zorra.

Había terminado el look con una gargantilla de encaje negro alrededor del cuello y solo un toque de lápiz labial rojo.

Se sentó entre un hombre y una mujer, y le sonrió al camarero.

"Hola James"

"Samy. Qué bueno que es verte de nuevo". Él dejó que sus ojos se deslizaran sobre ella lentamente por su cara y senos. "Muy bueno, de hecho. ¿Y para quién es la ocasión?"

Ella negó con la cabeza y sonrió, haciendo que un mechón de rizo cayera sobre su oreja.

"No hay ocasión. Simplemente tenía ganas de vestirme así".

Él estiró el brazo por encima de la barra y colocó el rizo detrás de su oreja.

Sus dedos rozaron el costado de su mejilla y ella casi olvidó cómo respirar.

"Deberías vestirte así con más frecuencia".

"Quizás lo haga."

"Saldré de trabajar ahora en la noche alrededor de las once. ¿Te gustaría bailar después?"

Ella asintió lentamente, incapaz de apartar su mirada de la de él.

Con una precisión muy lenta, se inclinó sobre la barra y acercó sus labios a los de ella, profundizando el beso lo suficiente como para hacerla querer más antes de que él se alejara.

"Unos veinte minutos."

* * *

Esos veinte minutos nunca habían parecido más largos en la vida de Samy.

Ella observaba todo a su alrededor todo el tiempo consciente de cada movimiento que él hacía sin siquiera mirarle.

Era como si sus sentidos estuvieran sintonizados con su cuerpo, pero aun así ella saltó cuando él la tocó en la parte posterior del hombro.

Se había desabrochado el cuello de la camisa negra y le estaba sonriendo, tendiéndole la mano.

"Creo que me debes un baile".

Cuando ella colocó su mano en la de él, fue como si una pequeña descarga de electricidad atravesara su cuerpo.

Él sonrió cuando la llevó a un rincón de la pista de baile y luego la acercó a su cuerpo cuando la canción cambió.

Era lento y seductor, y el latido de él parecía coincidir con su corazón, mientras se apretaba contra él.

Y ya así de pronto ella fue muy consciente de los contornos duros que ondulaban contra su cuerpo blando.

Ella deslizó sus brazos alrededor de él, presionando sus suaves curvas traseras con sus manos mientras se balanceaban de un lado a otro.

Se inclinó y presionó sus labios contra los de ella, separándolos suavemente y seduciéndola con su lengua.

Su mano se deslizó más abajo sobre su espalda, descansando sobre su cadera, deslizándose lo suficientemente bajo como para acariciar una mejilla del culo mientras tiraba de su parte inferior del cuerpo contra la suya.

Ella jadeó al sentir lo fuerte que él realmente estaba presionando contra ella y podría haber jurado que lo escuchó gemir.

Pero justo cuando lo hizo, el otro camarero lo llamó y él suspiró, bajando la cabeza hacia atrás.

"Samy ... ya vuelvo. Juro que lo haré. No vayas a ningún lado".

Ella asintió algo tontamente mientras se alejaba de la pista de baile y entraba en un reservado aislado.

Vio que James regresaba al bar y se inclinaba sobre él nuevamente, hablando con Joseph.

Joseph era el barman sustituto de la noche.

Siempre se hacía cargo cuando James se retiraba.

Cuando vio a una rubia alta y de piernas largas unirse a ellos, se dio cuenta de algo.

Ella no era ese tipo de chica.

No tenía idea de lo que estaba haciendo.

James era el tipo de hombre que siempre tenía disponible a cualquier chica, cualquier chica alta, rubia y súper sexy.

Y ella era bajita, morena y latina.

Ella salió corriendo.

Tan rápido y silenciosamente como pudo.

Se dirigió hacia la puerta y cuando miró por encima del hombro vio a la rubia inclinarse cerca de James y deslizar sus dedos por su brazo.

Ella suspiró y sacudió la cabeza mientras continuaba su camino.

No sería bueno detenerse a pensar en ello.

Le empezaban a doler los pies por los tacones, así que se los quitó y se apartó del camino empedrado, dejando que sus pies la guiaran hasta la orilla del río que conocía tan bien.

Metió los pies en la orilla del río y simplemente miró el agua durante mucho tiempo.

"¿Qué estaba pensando?" Ella finalmente murmuró.

"Eso es lo que me gustaría saber".

Ella casi gritó cuando se dio la vuelta.

James estaba de pie detrás de ella, con los brazos cruzados con enojo y frunciendo el ceño.

Pero el ceño fruncido lentamente se fue reemplazando por una mirada de confusión y preocupación.

"Samy, estás llorando. ¿Qué te pasa?"

Ella apartó la vista de él y cruzó el río hacia la otra orilla con césped.

"No debería haberlo hecho. No debería haber venido al bar esta noche vestida así. No debería haber pensado que tenía una alguna oportunidad".

"Samy, ¿de qué demonios estás hablando?"

Él se acercó y dejó caer su mano sobre su hombro.

Ella estaba temblando, tenía frío.

Él se quitó apresuradamente el abrigo y se lo echó sobre los hombros, colocándose detrás de ella para frotarle los brazos.

"Te veías hermosa alá dentro. Creo que olvidé cómo tenía que respirar cuando entraste".

"He visto a las mujeres con las que usualmente estás. No soy como ellas, James. No soy elegante ni super sexy. No soy rubia, ni alta, ni de piernas largas, ni tengo un cuerpo perfecto como ellas. No tengo solución en contra de eso. Ni siquiera sabía lo que estaba haciendo ". Ella terminó en un susurro.

"¿En serio? Podrías haberme engañado allá dentro".

La giró hacia él y se inclinó hacia adelante, presionando sus labios contra su cuello.

Ella se estremeció.

"Tu cuerpo se sentía perfecto cuando me presionaste contra ti en esa pista de baile".

Levantó la mano y ahuecó su pecho, trazando el contorno de su pezón a través de su blusa.

La hizo temblar un poco.

"Seguro que éstos parecían saber qué querían hacer cuando nos estábamos besando y presionando juntos".

Se inclinó sobre ella y la obligó a tumbarse hasta que estuvo acostada en el suelo.

"Déjame mostrarte, Samy. Déjame demostrarte que eres más de lo que crees".

Sus labios se deslizaron contra los de ella antes de deslizarse por su cuello y sobre la delgada blusa que cubría sus senos.

Su aliento quedó atrapado en su garganta cuando los labios de él encontraron primero un pezón y luego el otro, chupándolos lentamente mientras ella se arqueaba en su toque.

Sus dedos encontraron hábilmente el dobladillo de su blusa y comenzaron a subirla lentamente, provocando a su piel cuando se reveló.

La levantó más allá de sus senos y la sostuvo justo por encima de ellos mientras besaba su seno derecho, saboreando su piel.

Ella gimió cuando James finalmente acercó sus labios a la cresta de su seno, tomando el pezón entre sus dientes y tirándolo suavemente antes de succionarlo.

Ella gimió aún más fuerte cuando su mano comenzó a amasar su otro seno, rodando su palma sobre su pezón repetidamente.

"¿Ves?" Él respiró contra su piel. "Eres la mujer perfecta".

Él comenzó a besarla en su camino hacia abajo, trazando círculos alrededor de su ombligo con su lengua.

James le sonrió mientras alcanzaba su falda y, en lugar de bajarla, la empujó hacia arriba.

La parte delantera se dobló hacia atrás y en el momento siguiente estaba colocando besos suaves y juguetones a lo largo de su montículo caliente por encima de las bragas.

Ella ya estaba húmeda.

Podía sentirlo a través de sus bragas mientras frotaba su nariz contra ella.

Ella tembló debajo de él y él le acarició suavemente con los dedos de arriba a abajo mientras usaba los dientes para deslizar las bragas hacia abajo.

La besó de nuevo, sin barrera ya entre sus labios y su coño.

Él comenzó a deslizar su lengua a lo largo de su hendidura y ella gimió, sus caderas arqueándose desenfrenadamente de modo que él presionó su lengua profundamente en ella, trazándola sobre su clítoris.

Samy gimió y se arqueó contra su lengua, el placer la recorrió mientras él rozaba sus dientes contra su clítoris y deslizaba un dedo dentro de ella.

"Mentí", respiró contra su clítoris. "No solo olvidé cómo respirar".

James succionó suavemente su clítoris, su dedo bombeando dentro y fuera de su tensión.

"Casi me vengo en los pantalones con solo de verte antes".

Los dedos de ella se agarraron a su cabello, y él sonrió contra su coñito mientras deslizaba un segundo dedo dentro de ella, pasando su lengua sobre su clítoris repetidamente hasta que su cuerpo temblaba bajo su boca.

Sus dedos la acariciaron, adentro y afuera, excitándola, persuadiendo a su cuerpo para que respondiera hasta que ella se balanceara contra su mano y lengua.

"James", su voz casi falló cuando se retorció en su mano. "¡Por favor no te detengas ahora!"

Salieron sus palabras en un suave tono de complicidad, pero rápidamente subió de volumen cuando ella gritó de placer.

Él estaba mordido suavemente su clítoris y ahora lo estaba chupando con fuerza, y sus dedos empujando con fuerza dentro de ella tomando su clímax.

Él ansiosamente lamió sus jugos y cuando el temblor de su cuerpo se desaceleró,

Cuando acabó, se movió por encima de ella.

Él sonrió y apoyó su frente contra la de ella, dejando que su cuerpo rozara el de ella mientras la miraba a los ojos.

"Te lo dije, eres tan mujer como ellas, si no más".

Sus ojos brillaron con algo que podría haber sido de duda mientras miraba a los ojos de James, pero luego dejó que sus dedos recorrieran su pecho y bajaran al bulto duro en sus pantalones.

"¿Es por eso por lo que lo tienes tan duro?

¿Porque soy una mujer así como ellas?"

Sus dedos rozaron arriba y abajo contra su polla, y él no pudo evitar el gemido que se deslizó más allá de sus labios.

Sin embargo, no tuvo oportunidad de responder ya que los labios de ella encontraron los suyos y cualquier pensamiento fue borrado de su mente.

Sus dedos se deslizaron hacia su pecho y hábilmente comenzó a desabotonar su camisa.

Rápidamente la sacó de sus pantalones y le empujó a un lado mientras tiraba de su camisa para quitársela completamente.

El botón de sus pantalones se abrió con un tirón y la cremallera se deslizó casi por sí sola.

Ella le bajó los pantalones y los boxers lo suficiente como para liberar su polla y envolvió su pequeña mano alrededor de ella, acariciándola lentamente para que él gimiera y se apretara ansiosamente contra su mano.

Él gimió de molestia y se puso de pie, quitándose los pantalones y los boxers en un solo movimiento y volviéndose hacia ella.

Ella ahora estaba de rodillas y le sonrió mientras una vez más envolvía su mano alrededor de él.

Él se inclinó sobre ella haciéndole unas caricias lentas, cerrando los ojos.

Al momento siguiente, sin embargo, los abrió cuando los labios de ella se envolvieron alrededor de su polla, moviéndolos lentamente hacia arriba y hacia abajo sobre su miembro duro.

Él puso ahora sus manos en la parte posterior de su cabeza y lentamente comenzó a empujarla dentro y fuera de su boca, gimiendo mientras ella lo chupaba con cada movimiento.

Los golpes suaves no tardaron mucho en volverse rápidos y cortos, Samy lo chupaba más fuerte cuanto más rápido él le movía la cabeza.

Su mano estaba acariciando sus bolas, haciéndolas rodar hacia adelante y hacia atrás mientras su boca se apretaba alrededor de él.

Cuando ella estaba jugando con su lengua en la cabeza de la polla, él explotó en su boca.

Ella tragó rápidamente cuando él le mandó su chorro, apretando la boca y la garganta contra su polla haciéndole correrse aún más fuerte y con más chorros, hasta que finalmente se agotó.

Deslizó la polla de su boca lentamente y dejó que su mirada cayera al suelo.

Cayó de rodillas delante de ella, colocando su mano contra su mejilla.

Estaban a solo paso de distancia cuando el dedo de James trazó el costado de su rostro, hundiendo su dedo debajo de su barbilla y levantó sus ojos hacia los de él.

"No hemos terminado aun".

Su voz fue tan baja que le dieron escalofríos por la espalda mientras lo miraba maravillada.

Se inclinó y presionó sus labios contra ella, profundizando rápidamente el beso.

Cuando su lengua se deslizó más allá de sus labios, una mano se deslizó detrás de ella, acercándola contra él para que fueran carne con carne.

Sus pezones presionaron contra su pecho gozosamente, y su nueva erección presionó con fuerza contra sus abdominales inferiores.

Ella se movió y frotó su cuerpo a lo largo de él lentamente, haciéndole gemir cuando su beso se volvió febril.

La recostó de nuevo y deslizó su falda por sus piernas.

Él la miró por un largo momento antes de moverse.

Él se inclinó sobre ella otra vez y le dio un ligero beso en el vientre, justo encima del ombligo.

Él sonrió contra su piel cálida y comenzó a besarse hacia arriba, a la inversa de sus acciones anteriores.

Sus labios apenas juguetearon contra sus senos antes de asentarse en su cuello y acariciar su latido.

Él palpitaba entre sus piernas, su miembro presionando contra su rajita húmeda mientras ella envolvía sus piernas alrededor de su cintura y él deslizaba sus brazos alrededor de ella.

En un rápido movimiento, James estaba sentado con ella en su regazo y, si esto fuera posible, presionando aún más su verga contra ella.

Ella se retorció un poco y él gimió.

La besó hasta llegar justo debajo de la oreja y tiró suavemente de su lóbulo.

"Dime, Samy, ¿lo quieres?"

Su aliento era caliente contra su piel y ella temblaba.

"¿Quieres mi polla grande y dura enterrada en tu interior?"

La respuesta de Samy sonó casi como un gemido mientras se frotaba contra él.

"Sí. Por favor, James, he querido esto desde ..." pero ella rápidamente se detuvo, un sonrojo aún en sus mejillas y miró hacia otro lado.

James no tenía idea de eso.

Forzó su mirada de nuevo a la suya y apoyó su erección contra ella.

"Termina lo que estabas diciendo".

Ella gimió y sus uñas se clavaron ligeramente en su piel.

"He querido esto desde que te conocí".

"Entonces dime qué tanto lo quieres".

No fue una demanda, más bien una petición mientras él deslizaba sus dedos por sus senos, amasando lentamente su carne.

Podía sentir su calor irradiando contra su polla, y estaba haciendo todo lo que podía para no simplemente arrojarla y tomarla.

Su respuesta lo sorprendió, y destrozó todo el autocontrol que había estado usando.

"No lo quiero. Lo necesito, James".

Sus ojos estaban fijos en los de él ahora, y él gimió suavemente contra su piel mientras ella se apretaba más.

"Lo necesito tanto, lo he soñado tanto tiempo. Por favor. Necesito que me folles".

No podía negarle eso más.

No pudo contenerse más después de eso.

La levantó hasta que la cabeza de su polla se presionó contra su abertura y luego rápidamente la dejó caer sobre ella.

Ambos gimieron.

Su coño estaba tan apretado alrededor de su polla que cuando él comenzó a moverla hacia arriba y hacia abajo sobre su miembro, y su longitud dura parecía aún más grande encerrada dentro de ella.

Ella gimió y usando sus piernas para apalancarse comenzó a saltar sobre su polla.

Sus pechos rebotaron libremente contra él y sus pezones lo llamaron cuando él se inclinó hacia adelante y comenzó a mamar.

Ella gimió y comenzó a saltar más rápido sobre su polla, impulsándose una y otra vez.

Sus labios estaban provocando a sus pezones, atrayéndolos y chupando, luego pasando su lengua sobre ellos y mordisqueando mientras se balanceaba con sus rebotes, gimiendo contra su piel, enviando vibraciones a través de sus mordiscos.

Su coño estaba tan mojado que la humedad le bajaba por la polla, y él gimió cuando ella intencionalmente apretó su raja a su alrededor, haciendo que él se resistiera más a ella.

Él los inclinó a ambos para que ella estuviera de espaldas nuevamente sobre la hierba y comenzó a golpear su polla con fuerza dentro y fuera de ella.

Samy gimió aún más fuerte, sus uñas rastrillando su espalda mientras otro fuerte empujón la hacía volver a su clímax.

El espasmo apretado alrededor de su polla rápidamente hizo que James se corriera también y él se estrelló aún más rápido contra ella, gruñendo cuando su semen caliente la llenó hasta que se derramó por sus muslos.

Cayó a un lado, jadeando.

Luego la atrajo hacia él, dejando besos suaves a un lado de su rostro.

"Ahora, ¿pasarán otros cinco años antes de que seas lo suficientemente valiente como para volver a hacer esto?"

Él sonrió y besó la comisura de sus labios.

"No jamás, James".

Samy sonrió y rozó sus labios contra los de él.

"Bien, porque no creo que pueda quitarte las manos de encima por más de un día o dos".

La risa de Samy resonó a través del lago, y James sonrió cuando se sentó y la besó profundamente.

Esto definitivamente podría ser el comienzo de algo muy interesante.

FIN